Le fil

Philippe Jalbert

Gautier • Languereau

« Ho ! hisse ! »

La petite dame tire de toutes ses forces.

« Ho ! hisse ! »

Malgré tous ses « **ho** » et tous ses « **hisse** »
la petite dame, essoufflée, doit se rendre à l'évidence :
à peine quelques millimètres de fil ont été tirés.

C'est alors qu'arrive...

Un chat.

« Que fais-tu ? demande le chat.
– Au bout de ce fil, il y a un petit trésor.
Si tu m'aides à le ramener, je saurai te récompenser », propose la dame.

Le chat réfléchit… Il salive déjà à l'idée des sacs de croquettes multicolores qu'il va pouvoir s'offrir.
Il crache dans ses coussinets et aide la petite dame à tirer le fil.

« Ho ! hisse ! »

Malgré tous leurs « **ho** » et tous leurs « **hisse** »
le chat et la petite dame, essoufflés, doivent se rendre à l'évidence :
à peine quelques centimètres de plus ont été tirés,
et pas de trésor.

C'est alors qu'arrive...

Un cochon.

« Que faites-vous ? demande le cochon.
– Au bout de ce fil, il y a un trésor. Si tu nous aides à le ramener, on saura te récompenser », propose le chat.
Le cochon réfléchit... Il bave déjà à l'idée des brouettes de salades et de navets qu'il va pouvoir avaler.
Il crache dans ses pattes et aide le chat et la petite dame à tirer le fil de toutes leurs forces.

« Ho ! hisse ! »

Malgré tous leurs « **ho** » et tous leurs « **hisse** »
le cochon, le chat et la petite dame, essoufflés,
doivent se rendre à l'évidence :
à peine quelques décimètres de plus ont été tirés,
et pas de trésor.

C'est alors qu'arrive...

Un ours.

« Que faites-vous ? demande l'ours.

– Au bout de ce fil, il y a un gros trésor. Si tu nous aides à le ramener, on saura te récompenser », propose le cochon.

L'ours réfléchit… Il se lèche déjà les babines à l'idée des centaines de ruches qu'il va pouvoir vider de leur miel.

Il crache dans ses griffes et aide le cochon, le chat et la petite dame à tirer le fil.

« Ho ! hisse ! »

Malgré tous leurs « **ho** » et tous leurs « **hisse** »
l'ours, le cochon, le chat et la petite dame, essoufflés,
doivent se rendre à l'évidence :
à peine quelques mètres de plus ont été tirés,
et toujours pas de trésor.

C'est alors qu'arrive...

Un géant.

« Que faites-vous ? demande le géant.
– Au bout de ce fil, il y a un gigantesque trésor.
Si tu nous aides à le ramener, on saura te récompenser »,
propose l'ours.
Le géant réfléchit... Il se frotte déjà le ventre à l'idée
des montagnes de frites qu'il va pouvoir dévorer.
Il crache dans ses grosses mains puissantes
et aide l'ours, le cochon, le chat et la petite dame à tirer le fil.

« Ho ! hisse ! »

Malgré tous leurs « **ho** » et tous leurs « **hisse** »,
le géant, l'ours, le cochon, le chat et la petite dame, essoufflés,
doivent se rendre à l'évidence :
à peine quelques hectomètres de plus ont été tirés,
et toujours pas de trésor.

C'est alors qu'arrive...

Un petit oiseau.

Pas besoin de promesses ni de « ho » ni de « hisse »,
avec ses pattes, il tire le géant, qui tire l'ours,
qui tire le cochon, qui tire le chat,
qui tire la petite dame, qui tire le fil,
au bout duquel arrive...

Le petit trésor

les fesses à l'air qui s'écrie :

« Personne
ne vous a appris
qu'il ne fallait jamais
tirer sur un fil
qui dépasse ?! »

Et c'est ainsi qu'au lieu de manger des sacs de croquettes,
d'avaler des brouettes de salades et de navets,
de vider des centaines de ruches de leur miel
et de dévorer des montagnes de frites,
le petit oiseau, le géant, l'ours, le cochon,
le chat et la petite dame se retrouvèrent
à tricoter une nouvelle culotte
pour leur cher petit trésor.

Telle fut leur récompense.

Directeur : Sarah Koegler-Jacquet
Directrice éditoriale : Brigitte Leblanc
Éditrices : Juliette Spiteri et Charlotte Pouhet
Responsable artistique : Stéphanie Aparicio, assistée de Maeva Guyon
Fabrication : Virginie Vassart-Cugini
Lecture-correction : Myriam Blanc

58, rue Jean Bleuzen – CS 70007 – 92178 Vanves
ISBN : 978-2-01-708711-3
Dépôt légal : janvier 2020 – Édition 01
Imprimé en France par Pollina - 91840. Achevé d'imprimer en décembre 2019.
Loi n° 49–956 du 16 juillet 1949 sur les publications destinées à la jeunesse.

Gautier-Languereau
s'engage pour l'environnement
en réduisant l'empreinte carbone
de ses livres.
Celle de cet exemplaire est de :
400 g éq. CO_2
Rendez-vous sur
www.gautier-languereau-durable.fr

PAPIER À BASE DE
FIBRES CERTIFIÉES